Hallo! Mein Name ist Trulli Tropf und ich bin ein waschechter Trinkwassertropfen.

Als Trinkwassertropfen habe ich die Eigenschaft besonders frisch und spritzig zu sein. Ich kann deinen Durst löschen oder zum Beispiel deine Blumen wachsen lassen.

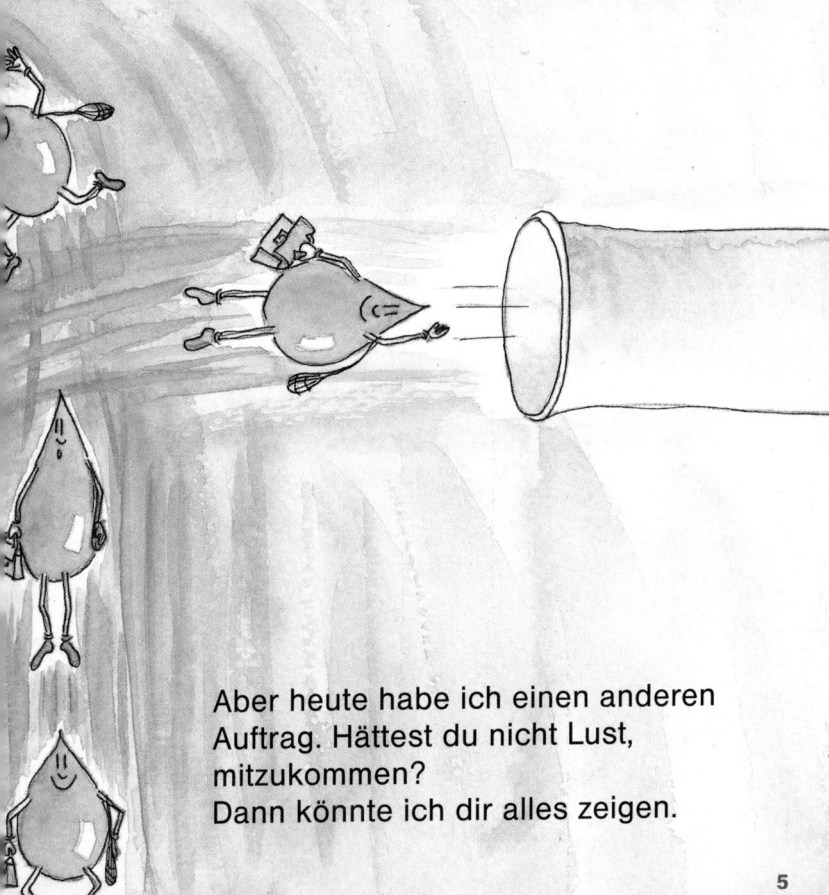

Aber heute habe ich einen anderen
Auftrag. Hättest du nicht Lust,
mitzukommen?
Dann könnte ich dir alles zeigen.

Hallo Trulli!
Gut, dass du kommst!
Schau' nur, wie dreckig
wir sind!

O je! Jetzt bin ich ganz schön schmutzig! Siehst du, was ich alles mitschleppen muss? Essensreste, Seifenschaum und sogar einen Apfelstengel! Aber keine Panik! Das kann ich alles wieder loswerden: in der Kläranlage. Das ist so eine Art Schwimmbad für Wasser.

Den Weg dorthin kenne ich schon so gut wie meine Aktentasche: Erst mal rutsche ich hier im Fallrohr runter.
Hui, das kribbelt so schön im Bauch!

Das Fallrohr führt mich unter der Straße in ein großes Rohrsystem, die Kanalisation. Die Kanalisation ist eine Einbahnstraße in Richtung Kläranlage. Das ist also ganz einfach.
Aber Moment mal!

Da ist doch mein alter Freund Droppi Dropf. Hallo Droppi! Na, auch mal wieder bei der Arbeit?

Hallöle Trulli, ja, ich komme gerade aus der Toilette von Familie Speck.
Und sieh mal, was ich da gefunden hab: ein Wattestäbchen! Das gehört doch nicht da rein, sondern in den Müll! Das weiß doch jedes Kind!

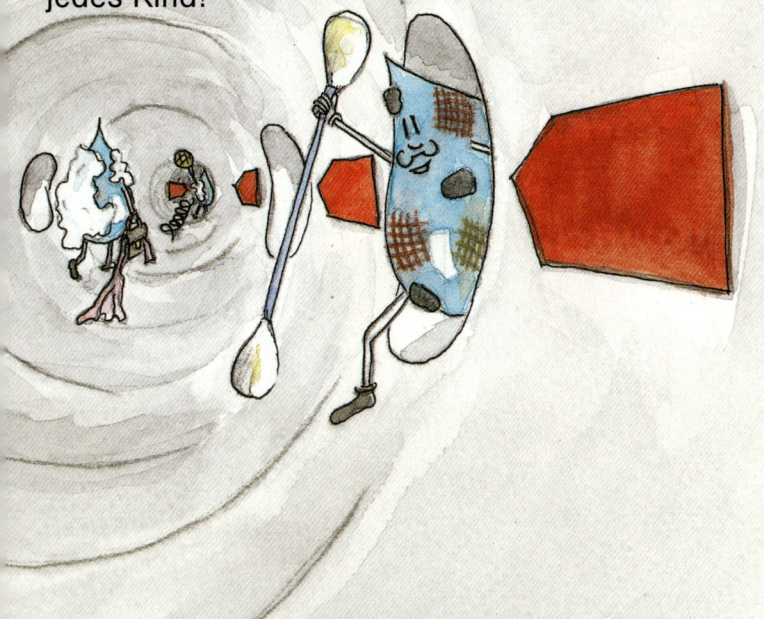

Jetzt sind wir bei der Kläranlage angekommen. Hier müssen wir erst mal mit einer Schnecke wieder nach oben ans Tageslicht fahren.

Diese Schnecke ist so eine Art Rolltreppe für Wasser.

Sieh mal: Droppi ist schon bei der nächsten
Station: beim Feinrechen. Die Stäbe des
Feinrechens nehmen uns alle Sachen ab,
die dem Grobrechen zu klein waren.

Als nächstes kommen wir zum Sandfang. Hier lassen wir uns viel Zeit und ruhen uns ein wenig aus, damit wir all den Staub und Sand, der an uns klebt, wieder loswerden.

Nach dem Sandfang geht es in ein großes Becken. Hier darf ich das Fett von den Essensresten aus meinem Netz lassen. Schau mal! Es ist so leicht, dass es nach oben treibt.

Wenn ich das Fett los geworden bin, klettere ich in eine Rinne, die mich zum nächsten Becken führt. Auf das, was jetzt kommt, freue ich mich immer ganz besonders.
Droppi, warte doch, ich komme schon.

Davon werden sie dick und rund und wir Tropfen sind das Zeug wieder los. Das ist ein wirklich gutes Tauschgeschäft, denn wir Tropfen wollen ja zurück in den Fluss und dort haben die Phosphate nichts verloren.

Und zum Schluss geht dann noch einmal richtig die Post ab! Hier im Belebungsbecken treffen wir die Monis und die Kolis.

Sie sind auch Bakterien wie die Phossis, aber sie fressen keine Phosphate. Die Monis lieben nämlich Stickstoffe und die Kolis mögen Kohlenstoffe. Diese Stoffe stecken in Essensresten oder in dem, was du in die Toilette machst. Und die Luftikusse wirbeln uns tüchtig durcheinander. Das macht Spaß!

Jetzt müssen wir uns leider von unseren Freunden verabschieden. Sieh mal, wie rund sie geworden sind. Aber für die Bakterien fängt die Arbeit jetzt erst an, denn sie müssen noch in den Faulturm, wo sie die restlichen Kohlenstoffe auffressen, bis nur noch Gas, Wärme, und etwas ähnliches wie Blumenerde übrig bleibt. Tschüß liebe Leute und bis bald!